する、されるユートピア

井戸川射子

青土社

する、されるユートピア　目次

する、されるユートピア

川をすくう手

学校、うん、教室にいるとぽつんと、一つの島に一人ずつがいる気持ちになる、それがきれいな島ならいいけれど。

毎月何か封筒を渡されるの修学旅行費とか、必要経費未納者用の、担任は目立たないよう他の手紙と重ねてくれるけどそれはそれでさみしいこと、封筒を渡されるのは、三人くらいが入れ替わり。保健室の水道、勢い、ばっと出るお湯に手を入れて、温かさと体だけでこんなに気持ちいい。はい、と言うとカーテンが引かれる、黄緑で四角く仕切られていきなり僕の場所になる、囲まれて横たわる。ベッドでどんな顔してもあちらに見えない。ベルトがじゃまで腰を浮かしながら外す、見えるのは学校の天井だけ、熱とふとんからは誰かのにおいがして僕は安心目を閉じる、無事起きられたらまた会える。

橋は二車線、武庫川が近くと遠くに続いて。母の入院している病院は、大きいから川沿いから簡単に見えてくる。たどり着くまでの歩道橋はらせん、一回転半、深呼吸したのを覚えてる。手すりは下が柵になっていて、そこに白いカスや綿毛がたまる。軍手か何かはめて、指一本分のすき間、す、と絡めとりたい。中指の太さがちょうど良く、軍手はきっと、あみ目に空気といろいろを取り込むだろう。売店はにぎわっていて病院の、たぶんここが一番楽しいところ。パジャマじゃないからみまい客の子どもが走っていて、それくらいしか判別できるものもない。連れられてパタパタいわせて、僕も守られるべきものだったのを思い出す。音が、地面が笑わせてくれたころ、今だって、笑ったっていいのだな。

帰り、病室から階段を駆け下りる。七階からガッと下りるのはエレベーターを待つより早い。手すりは体より先のほうをつかむ、猛スピードの足。お腹、肌、頭と吐く息、いつか失くすけどなぜか今持っていて、僕のもの。

一階に着くまでに泣き終われば、誰にも気づかれない。

同じ道を走る、武庫川に、人や電車の橋は何本も線で並ぶ。もっと下流のほうに二人で、新幹線を見に来たことだってたくさんあったのだ。自転車の後ろに乗せてもらって橋を見上げて、ほら、早いんだね、そしてまた新幹線が来るのを待つ。次は、ふいに現れる。今日の母と、ベッドを思い出す。ゴミ箱には一緒に食べたアイスの箱が入って、あの小さい窓から外を見て眠る。消えていくものは終わりが見える、こんなにはっきり、と思って平気な人たちを追い抜かす。

視線を波にして見ていくと、一階に麺の店があった。少し黒が入ったガラス戸から中が見え、客たちは頭を上下して麺をすすっていた。貼ってある雑誌の切り抜きが日本語だったので入店、おばさんはぼくに触れずに引き寄せながら、ここ、ここと言った。厨房から捏ねてならすパンパンという音が聞こえ、汚かったので見ないようにしようと思った。左の壁に赤い十字架が貼ってある、牛肉の麺が運ばれてくる。箸にまとわりつく麺はちぢれて細く、植物の根をそのまま食べている気がした、十分に温かかった。一面、ガラスの入り口からは街が見え、閉まったシャッターの前、同じくらい灰色のおばさんがカップ麺を両手でささげ持っている。思いついたようにフタを開け、何もない地面、立ったままですすり出した。降る雨が、カップに入ってしまうだろう、明かりはその下だけ照らす。異国に一人では誰の不幸も、関係しない気がして目を伏せた。乾いた雨だれはもう、それだけで川みたいに流れて、光で汚れが筋になる。半ドーム型の建物を左に見ながら進むと川沿いに同じタイルが敷き詰められて、星の銅板には有名人たちの手形がちりばめられる。ブルース・リーの像にだけ人が集まって、背後は本当に、色とりどりのビル。空にはまだ雲が見え、暗さは発光の道具になって川に波が点滅する。夜が近づくほどに木などは一切見えなくなって、建物は高ければ目立つ。そのまま低いベンチに座り込む、背もたれも短くてもう立ち上がれないだろう。道の銅板はぬるい水で光り、それだけで惑星みたい。雨は水面に映るライトをそぎ切り、外気に触れる部分は今、全て濡れてきれいになった。体に伝う水は、でもそこから内部に入らない。あの、麺を手にしたおばさんが背後から、そ、と近づいてぼくを抱きすくめた気がした。太い指が前で絡んで、胸が枕のように押しつけられる、その感触がありありと想像できる、背中にやわらかさを感じて怖くない。空は一色、山々は曲線で暗さを押し上げて、他と一度もまぎれない。

はだしになってもないの、根

ゆがんだ体でそそり立つ壁、
目の前にはパソコン画面と、映るぼくの顔だ
となりの部屋が声をあげて笑った
せまい地下では音も特濃で、
みんなに空気がいかなければいいと思った
寝るには真四角な床、手のひらは強く握っても
すき間は絶対なくならない、爪５コ全部はすり合えない
ヤフーニュースは撃ち合う事件を知らせる
ぼくの知らない体を貫通した弾は、
どこかで安楽にしているかな
昔から満足いく体ではなかったから、
外で見るとがっかりするかもしれない
今日は期限が決まっていて、今からお湯を汲みに行く
店員にマンガの戻し方を注意されてぼくもこの人と同じ、
何一つ新しい言葉を発明しないだろうと思った
見つければ新大陸！とでも叫んで、
なるべく周りに知らせるつもり

隊列、アリは地上に出てくる、狭い場所で仲間と少しの空気を分け合うの、どんな気がするだろう、たくさんの体たちは見分けがつかず、間違えてしまう時もある気がした、家から持って来た角砂糖は砂の上に置くと光る塔で、アリたちは立ちすくみ近付かない、大きすぎると接し方も分からず怖いもんね、巣は木の根のようになっていること、掘ったことないけど知っている、全ての動き、見ていると、それぞれの母の代わりに泣きそうだ、隣、かがんだ足もとを見れば、母さんの伸びたストッキングが足の甲に溜まって波打つ皮ふみたい、肌の色に寄りそって薄く、腕を伸ばしてつまんでみる、しゃがんだまま引っぱってもすぐ戻ってしまう、雲はうすい、えぐり取られた板になって上から見ている、どこかからにおいがして母さんはそっち向く、ね、ぼくも沈丁花は好き、においが口に入り込み息が詰まる花だ、見ると、肌に黒い点の一つもないきれいな顔だ、これだけで、いる意味はきっとあるだろう、人などいなくてもアリたちは動くけど、入口に柱を建てたり川の流れを作ったり、ぼくならできると思うんだよね、知らない門を抜けて、燃えるような場所から来た、ここに、と思って中央目指し立てた枝に、固い葉を一枚突き刺す、屋根のように働くかなと思ったけれどバランスがそうして、アリたちの大きな十字架みたい、何を運んでいるかも知らないまま、ぼくは広がる背中をなで続ける

受け入れるだけの、周りをどんどん吸い込む体

育ち終えれば
いつも
同じ顔なのでつまらない、と
考えながら
ぼくは恋人の体を
タイムマシンとして活用している
仕切りになってくれて
ありがとう
「思春期は足の間をせばめて、
見た目をすぐ
隠したがっていた
文学部しか
知らないからそこに行った」
背中に吸い付き、目を閉じれば
点滅する、まっただ中にいる
だれかが死んだ時は、
その代わりになってくれる？

「早く、すばらしい
すぐにどこか
行っちゃう体だから、
わたしにまとめられる思い出は
かわいそう」
胸が痛いから中央を
マッサージした、
今のもとても個人的だ
和歌山の、
川の石を覚えている?
つかまえた魚をくぼみに入れ、
流れは
ずっと続いて、膜みたいだったことも?
考えながら、ぼくは手を
動かしたい放題だ

進んでいく、
人々は対面する大陸として映る

と、村上龍の小説を読んで思った
恋人は
推薦入試で高校に入った
「そうか、わたしは
カウンセリングのつもりで
歩いている
詩の中でくらい、すべて
言い切りたいと思っている」
いいよ
機嫌よく、いつも受け入れる

大人だ、もうどうしようもない

もらった花束の、百合の斑点も気持ち悪いから捨てる。帰り道、街路樹の盛り上がった根の部分、落とすように置いた、まだ咲いているみたいに光ってきれいだと思った。新幹線の高架下は一つの外灯では足りなくて、砂場は沼、塗装中で細かなネットが枠を包む。土の上はきっと死がいばかりで、いろいろがまぎれ込んでいるだろう。姉に買ってもらったこの絵は荒い刺しゅうでできていて、布地は灰色。手前に連なる白鳥の池と後ろ姿の人たちが何人かいて、その背景にピンクの柵が広がる。一人、柵の奥を指差しているが何も見えない。人間たちの服は色とりどり、なぜ白鳥といっしょに柵の中にいるのだろう、二人ずつペアになっているのはなぜだろう。小さな袋に入れられて、飾る家はどこだろう。

安らかな着地

　他の家はもっと別の、違うにおいの空間だと思ってた、こんなに、同じようにまとまって暮らしていた。この家の子たちはフライドチキンを骨の中まで食べるよ。ホームステイは、言葉が頼りないことを確認する一ヶ月半で、当てはまるものを選ぶだけ、口から引きはがされてもう戻って来ない、知らない言葉は絶対に使うことない。全て決めてきたなんて楽しいことを叫び続ける、車の中に響くラップ。曇り空の下誰もいなくて、庭の白いトランポリンに上がった、日本の家は庭に、トランポリンも置いてないのかい?そうだ。重力、あるのを忘れていた、服を着ていなければ分からなかった。一回飛べばもう当たり前だと思う弾力だ、体の中で何にも負けない部分はないな、見たことないけどこんなに硬い骨なのに。最悪、最高どちらからもほど遠く、こう、飛ぶくらいの軽い体だ。白い表面は何も染み込ませず、浮くのを助けるだけだ。体温は今どれくらいあるだろう、山々、アメリカらしい名前がそれぞれに付いて、並び替えればすぐに気づくかな、地震の時、空と地面は関係ない顔していたな。中央を使って高く飛び上がる、ただ、反射を受けることを大切にくり返す。

ムービング

立つ石の表面は、
他の展示物を映すやさしい湖水だ
テグスで隔離され近づけない、
ぼくは外側なんかで、
感動を与えられない
急がなきゃ、と思うけど
人が多くて走り出せない
くつ下に色がついていて、そうか、
別で洗うのを忘れていた
近づくと半円状のバルーンが、
今日はここで
石フェスタだと伝えている
広い公園だけど外からは選挙カーの話が聞こえ、
声を出していることは分かった
教えられた言葉の集合であっても
上手に引き出せれば
うれしくて両手を叩く

池にいる石も削り取られ、
元からの形じゃないかもしれない、あなたもそうだ
したたる水がくっつき合い、
この集まりとしての一生が今終わった、
痛みのない変身もあるんだな
妻を支えるあの夫は、それだけで
愛そのものに見えること、知っているかな
薄紫のジャンパーと乱れぬ歩調は、
今日の空と同じだ
袖が動きを、制限することもあるだろう
添いあうペリカンの白い像がいて
波打つ羽、くちばしを上げてここに2匹、
立ち続けるのは楽しいだろう
たくさんで連なり
並ぶ墓石には
まだ何も入らない、もう踏めない
名前も彫り込まれず新しい、
免震カロート、国産、格安、
並ぶ看板は説明してきて、ぼくは何も言い返さない

どの表面も、反射する膜

それはたとえば、
善良であるということの全てを、説明できる
高速で、
あたらしい議論が発現する
うれしい、
どうしようもない分かり合えなさもない
読めている？
今、向き合うぼくたちの間にもものの介在
口の動きに合わせ水は入って来る、
安全な反復感動
見たことないものは、
この文章の中にない、驚かない
入れ物、ぼくでなければ
おもしろい程違う光景だろう
「エスエフだな」
地面のような肌だ、生み出す点において同じだ
背中は絵画が置かれる前の広い空間

安全な反復感動
言葉を覚えたのはどんな気持ちか
歴史群か、それ以上のもの？
曲線を持たない体だったら残念だ、
と思って肩をつかむ
機能している
水面は光の量を二倍にして、
映らないぼくはまだ一人だ
安全な反復感動
「それは、川の表面だと思って触ると
上手くいくらしい」
まねしてみる、偉大だ、上手くいく

熱帯鳥類館、内部

上から見れば半円のドーム
すごい、
ぜんぶがリアルだ
と、会話をしながら巣をさがした
こういうのだったら、
もう見たことある
整えられた筋肉
引き伸ばしながら進んで、自分の体も他と同じ
光っていることを知っている
この光景だけですばらしいのに
一匹ずつのこと説明できない
全ての言葉、もうどこかで使われていて手も出せない
ぼくの下に
川は平行にながれる
すべてが動きだ、落下する、なにも残していかない表面だ
さっきの筋は
もう違う体をして沈んでいく

自由にかたちも選べないけど、
ぼくも両手を高く挙げた
すこし恥ずかしかった
熱帯を模しながら、
覆うのは
反射し、曇る膜だ
たくさんの窓は？次の動作は？
続いてきたものたちだけで
関係し合えるのは救いだろう
と言って、色数の少ない顔をしたぼくが見ている

立国

顔の肉が下がること
こうして横になると感じる
まぶたもくちびるも長さが足りないように思い、
自分の指で伸ばして調整する
目の前にはふるえる耳、触る
ただ寝転んでいるのが、楽しくてたまらない顔していて、
背中から裏返した
周りを照らして、でも自分が一番眩しいんだろう、芯からは光を出せないくせに、と微笑んだ
こうして無条件に布など敷かれているのは気持ちいいと思う、何人でいてもどうせ倒れる
悪気もなくあっさりとした首だ、と思って口をつけた
乾いたにおいがして、
外からは電子音が聞こえるけど、ここには顔を上げるものもいない
ごめんね、こんなにもうるさい所で出会ってしまった
気持ち、分かるなんて言わない、もう作られていたと主張する意味は少しもない、
毎日は新しいことばかりだな
「浮遊していた」と横から声がする
そうだね、確かに浮遊していた

ひじから振り上げて風を動かす、
もらったものも使いこなせない、子どもなんていう怖い時間を通り抜けた、しかたなかった

発生と変身

先立つものは体ばかりで、さようならを言い続ける
対向の下りロープウェイが通る、頂上に落とされて街を見ると、遠くからの景色はある程度完全、すぐ飽きる
山の上にはソーラーパネルばかりあった
「昔、地球の海は、熱く薄いスープだった、と言う人がいた」
言葉、うまく話せれば楽しいだろうな
松は雌花と雄花がとなり合い、自分一本で増やし続ける
体、削って下に落ちていくだけかな、全て同じにおいをさせて、言葉は通じないだろう
どれだけ見ても木の内部は分からないな、ぼくも自分のを知らない、突き出る末端、細い枝だ
砂場のへりで立ち尽くす、
土踏まずを引っ掛けて前後に揺れると、草でもなったみたいで何も考えない
ビニール袋が風に運ばれてこっち来る、ぼくなどすぐに通り越してしまう
この中で、透明なそれが土に還れないのは怖くない？
楽しみは、飛ぶ時にだけあるのかな
向かいの子どもが、念のため急ぐ、と叫んで帰りの乗り場へ駆け出す
念のためだって、と笑ってぼくも走る
もし新生児に戻れたら、発見の瞬間を大事にする
脚を突っ張るように伸ばせること、変化に驚くこと

まだ声も高く図も描けない、ここにはぼくが選びそうな言葉しか書いていない
体は支えで、それが大きく息つぎした
抱きあっても首まわりにすき間はできる、それが何だ
知っている、文章では不十分だ
ロープウェイの手すりにもたれかかると、
さっきの子どもがワワワワ界に行く！と言い耳に手を当て小刻みに叩き、ワーと声出す
ぼくもそこ行ったことある、でも違う音がしてるだろうな、手のひら同じでないものな

光る川はそのまま、それで、これは流していいんだっけ
　反射的に目を閉じる、でも、お墓と思ったら自転車置き場だった。はじめての道で、近づいてみなければ分からなかった。少し笑う、祈るものなんて無機質でみんな同じだ。お墓の前では目を閉じてお祈りをする、小さい時から僕はいつもそうする。

　車体はスピードを出して、木など追い抜く。いい病院だったね、となりに座る弟が顔を前に向けながら言った。フロントガラス、景色は迫っては横に伸び通り過ぎる。泣かないで、と母が言い助手席の背もたれ、横から手を伸ばして弟の肩の、なだらかな線をさする。タクシーから降りたら二人、抱きしめてもらおう、何も言わなくてもただかたまって、両腕の間に進む。体からはきっと、母だけのにおいがするだろう。どの動作も、巻き起こるすべてに耐えての平気なふりだ。気持ちを何と呼ぶか、どうして自分だけで決めているのだろう。小さい頃ダイエーで、買ってもらったのはミニ四駆の部品、そうだ、カーブを助ける小さな円盤だ、窓からの景色はあまりにくっきり、でも外のにおいも通さない。

　母さん、と何回でも呼ぶ。言葉というもの、遠慮がちに足をつけてた。本当はもっと沈み込むべきだった、それはこんなに大きな違いだった。枕から手にかけて頭のライン、触った跡をつけるように撫でつづける。祖母が部屋に入ってくる、目は赤いけれどもう泣いてない。死ぬ前にたくさん泣いただろう、僕は知らない。いなくなることは、やっぱりこんなにも違う。息が詰まる苦しさは、でもまた病院行ったら会えるんだから、で片付けていたのだ、そしてそれは本当に、僕の慰めだったのだ。

　廃線跡のハイキングコースは川沿い、電車の線路だったものが堂々と続く。母と弟と弁当を持って何回も来た、今日は二人、水筒だけ持つ。三つ目のトンネルは一番長くて、入りきるともう真っ暗、一つも電気なんてついて

いない。壁に等間隔である人一人分の大きさのへこみ、誰かいても黙っていれば分からない。最初に来た時はこんなのって知らなくて、トンネルの前で引き返そうと言って泣いたこと、すり足で進んで、すれ違う人の懐中電灯が見えるの嬉しかったこと。思い出せるものさえ確かでなく、追いつかなくても手を骨から伸ばしていく。引っかけようとするから指は曲がってその分届かない、板じゃないからせき止められない。前から来る人、すれすれで左側を通る、隙をついて思い出はやって来て目を閉じて、それでも丁寧にまとめるしかない。自転車が僕ごと倒れて、かばった母の腕時計が割れたこと。頭をかきむしる今の動作も、誰かのまねだと思った。

やがて本当の闇が訪れる。広くせいせいとしていて、僕は中央を歩く。あの時懐中電灯は持っていなくて、母の脚、弟と片方ずつしがみつきながら行ったのだ、お腹をくっつけながら進んで、いつでも何か追ってきそうなのは後ろ側。家の二階に一人で上がることもできなくて、あの時すべてはもっと怖かった。息を吸って吐くことが大変なんて、絶対気付いていなかった。また響いていくのはどこかからの水音、自分の一歩もよく見えない。突然に、出口が白い点として見え出す。外に出ればそそり立つ、どこでも同じ光と川だ。

テンダー

少女は台所で
鶏の手羽先を切りつづける、十こも入っていたから
握ると、心底から冷たい集合なので
立つ足に力が入る
キッチンバサミは繊維に沿い、ひねっては関節を目指す
少女は母校に飾ってある、自分の字が好きではない

遠くのものが小さく見えてしまうのを、
もうやめたい
愛は集まる砂だ
飛ぶ、跡がつく
じゃあ相手の背中に
こんなに感動する気持ちも?
目立つ特徴のなくなったものを、鍋に置いていく
それぞれが橋だ、悲しいけど動的な
「愛は水ではない?」

そんなに色も持たず
重みで固まらないものかな、
と言い手を握った、
どちらも多い方が、
形を変えやすいし
中に何かもぐるかもしれない
と地面を指差す

「一生懸命で、困るね」
それで離れてしまったから
乾く腕で、頼りなく追いかける
先月、鳥について詩を書いたな
思い出し、
なんとも思わないから、大きな声で暗唱する

バイバイ、グッドモーニング

不調をかかえながらあいさつを続け、
その体、へばりつく貝柱で
かろうじて身を支えているようです、
とすき間から声が聞こえた
それなら、アドバイスは？
思わず閉めきってまた覗いた
母、いたなんて信じられない、内部表面にうつせば
見たことある無痛の顔だ
どの少年の足音も、いつも途中で途切れてしまうので、
ぼくは早めに声をかけた
「あなたはいつか手放してしまう、
そのすばらしい水っぽさを、
目覚め続ける、まだリズムも定まらない息を」
困った、という
ジェスチャーをしたように思えた
秩序立てて話すことに努める
「たとえば、立ち止まり

気づかれるのを待つように振り向くようになる
歩き方は、もう決まっていたような顔をする、
ぼくもそうだ
より遠くからの、
発言を受け付ける」
少年は顎をななめに傾け、口を開けた
「水っぽい、と言われることはうれしいのかな、硬く、
どんどんと重くなるのを切望されるのに、ゆがみなく、
大きく生きることが本質なのに」
「性差も
まだ分からず、
調和や活躍なんて
考えてなかった、その時のことは覚えている？」
返事を待つけど、
厚い殻のせいで、ぼくにはよく聞こえない

川、腰までつかるほどの

西宮浜には貝類館があって、
貝の不思議を体験できる
入口でアッブタガイの
スタンプを、レシートの表に押した
はっきりした陰影、でも繰り返しが可能
となりのチマキボラのも押した
「ママが死んだのは?」かなしいよ、
ちゃんと肩から胸にかけて、中央から圧力が満ち満ちて
ひねりつぶされると思ったよ
あと何回、硬くなる体に驚くだろう
痛くなるのは、
たとえばどうして腕ではないんだろう
水の中では全てが膨張スローで、
対面すれば動きはもっと速いはずだ
「固着して動かない種もいる」地面で互いにひとつながり、
表面に区別などないのかな
僕も同じ、集合だ、まとめられた愛だ

説明がほしいと、いつも思っている
会えなくなっても、動き方まで覚えておける？
筋肉も落ちて骨の形にくぼんで、
入り江みたいだったな
中身も消えてこんなにあざやかな貝殻だ
周りの人がぼくくらい悲しくいますようにと、
願わなくてもたぶんその通りだ

ここ、ウーメラの砂漠

安定した飛行が続いている、周りをいろいろ失っていく
グバイグバイ
会えないの、すごく困っている
寝転び横を向くと、無尽に動かない下の腕は
となりに人がいる時はどうしていたかな
体育館に二人、明日流れる
クラブ紹介ビデオを見ている
暗くした床にスライドショーが「波の目立つ、しかくい湖みたい」うん、そう見える
座っていれば速度は遅く、景色はあまり流れない
ぼやける、囲まれ反響する拍手と説明、どこまでも走れそうな、それぞれ繋がらない湖、
ほとんど単色の、仲良く躍動する湖、これからも移動する同じ湖、
助けられず見ているだけだ、あいさつさえ特別で、
不安定はくり返してきたはずだ
こんなにも、浅く腰掛けてよく落ちないな
息子なのに、誰もそう呼ばない
「みんな、何になったんだろうね」知らない、
流れる景色にかける言葉もない

ありがとう、すごく良かった、って叫んでからいなくなりたい。だってあんなにおだやかに、人にさわれたことなかった。ダフネを知っている？求愛すると逃げて木になる女神だ、もう、ぼくと関係ない顔している。人の形をしてる時もどうせこっち振りむかなかった、いつか撫であって、おもしろがりたかった。髪の揺れ方さえ覚えているのにそれも豊かな枝付きになって、いきなり伸びていくものに変化する、ぼくはそれでいい。さっきより広がる腕、最初から幹みたいな存在だった。想像の中で抱きしめる、受け止められる、息、止まるほど奥まで呼吸する。手の動きは遅すぎるかもしれない、ぼくのせいだ。顔はどんな形でも同じはずだ。歯のすき間から抜け出していきそうでしっかり噛むけど、思い出せるものは少なくて泣くかもしれない。「そう、悲しいことは起きないように注意している」返事はそれでいいんだっけ？忘れていた、言葉はすべて反響だった。周り、乾く土、根元が中央ならそこめがけて倒れこんでしまう、空からもっと遠くなるのか。景色はぼくにとってとても怖く、たとえば深い川に柱がもれなく建ち、安定している顔してるのは変でない？快晴はいつも、同じく大きく膨らんでこない？暗くなれば分かりにくいけど、皮ふは見れば小さなものの集まりで、中身、詰まっているものを知らない。森も横から見ればすき間ばかりだ、自分で動かせないものの多さに驚く。ダフネ、ぼくのこと特別だって、思ったことなかったろうね。ぼくは遠くに行ってしまってあなたはそのまま、どこへも動かないで生きる気だ。見に来れば会えるけど、沈黙だけが流れるだろう、選択も反響で、体はなければ楽だろう。使ったことのある言葉をもう口にしたくない、そうか、次ぼくは自分のことさえ呼べなくなるな。大きく地面を踏んでも前に聞いた音がして、じゃあもう鳴らす意味はないか。悲しいことは起きないように注意している、意味ないこと知っている。

大丈夫、中空で飛ぶ

わたしはもう、感動したがるのをやめる
いちばん近い言葉を選ぶ、すべて、驚異に満ちている
横の体は、自分と同じような
角度で曲がっている
何回目の握手だろう
シーリングライトは
点いていないと、膨らむ水だ
乗って来たユーエフオーだ
「コンプレックスがある」
そう、それはいいから
握り返してくれる？
体は膨らんで厚く、
中から固まり使えなく
なるものだ
使える、とは？
あなたは、わたしの思う通りの人だと
確信している、うそです

よかった、
もう少しで重く、刺さるところだった
口が互いに開き合い、迎えに来てくれる人を望んでいる
「指一本は操れるほどに軽く、
破れないだけでも
それは善意だ」
握れば手はきちんと柔らかく、
これでいろいろをして来たのだろう
どこでも行った、何か殴った？
分からないならいいです、と言うかもな
つらさに直にさわれないのは良くない
制服が当たって平らにした肩だ、広い目で見れば同じ体だ
絵画は広がり見るところが多く、上半身を傾ける
あ、よく動く、
と奥から聞こえた
いくら言い直しても、延々と自分の言葉のままで驚く
部屋は今、九階だから
寝ると、窓からは空間しか見えない
もうすぐ二階に引っ越す

ひしめき合い、ここと違ってまる見えだろうな
どういう気持ちで横にいるのか、
そのつど報告してくれる？
「初体験は中学の時だった、
中学校は新設で、一学年に二クラスだけだった」
語られるのは手が届かなくて、怖いことばかりだ
わたしの視力は０．２だから、
シーリングライトは
乗って行くユーエフオーだ

母国

ホースが数本転がって空見て、ぼくは踏んでる。見える民家の窓、立ち並んでこっち向いている。集まって街は工夫し、汚し合っているような景観だ。全部が埋め込まれたように生え、足も土の上では痛くないな。育てたくなくてもネットをかぶせられ、土は春待ち肥料の混ぜ込み。こうして毎夜、二棟並ぶビニールハウス、表面は膜張り、肩幅ほどのすき間にぼくは立つ。空は両面にあるよう、今、心臓だけ脈打って必死。教室で二人組を作れない不安を知っているかな、白菜たち。それぞれの根で立って、いる者だけで仲良くして、触れ合わないまま違う場所へ行くものね、ぼくもマスクの中は問われない。ビニールはこんな細い柱で張られて、何十も守り、ゆがんだままで支え立つ。縦の幅のちょうど中央、それだけで学校を思い出す体育座りをして土との対話、砂はどれから石か分からない。手のひら全体で地面を押しもどして、白いマスクを外す。鼻からはこれほどの呼吸、においは確かにここにあると思って上を見る、銀河はもっと混み合っているだろう。端に山積みの葉たちは、持ち上げられて次はどんな世に行くだろう、自由みたいに生えてたものだ、確かに重かった体だ。昼間に通りかかれば、暗い中の白菜とは違った光り方をする。いいな、体以外は持たないで、育ってしまえば、発見して！と言わずに済んで。虫など付かなければいいと本当に思う、濁る水を吸収して、自分の断面を作り出す。倒れていた細い棒を土に突き刺す。直立、自分で立ってるように、遠くからなら見えるだろう。

する、されるユートピア

無人探査機みたいに
期待されながら、帰って来させて
わたしに
センセーションを感じて
「体は贈り物で心は宇宙だから、
少ししか持って来られない」
会話はどうせできない、
あなたも、飛行している無人探査機だ、
遠い帰着点だ
お別れ、発射した後の場所だから
あちらからなら輝くナイトかな
「どう思う?
ちゃんとわたしを知っている?」
文化のランナーとして進むことを、
わたしたちはわきまえている
返事があることに、ただありがとうを言う
卵はどれもクリアなチューブだ

作りかえ、
明日には変化する周囲だと知っている
できるだけはやく、大きく育ちたい
成長過程は、
恥ずかしいから見ないでほしい
どうしようもなく劇的で、
思い出は、言うごとに上達して
遠くなっていく
する、されるユートピア
言葉はただのたとえだから、気にしなくていい
見てきた過程をなぞりながら
わたしたちは完成へと向かう
自分が人類のはじまりだったら、大変だろうね
回転しながら立体的に輝く
Windows7の字を眺めている
「固体発生は系統発生をくり返す」
領空を持たない自治の子だ、応援は窓に穴あく勢い
みんな何かを説明づける、
分離したカプセルと同じだ

大きく、何かにさし出すものだ
ここは広々した波、豊穣の海
いつか何か飼えば
待つ、という名前にするから心配ない

ニューワールド

詩があった、それで良かったです、体だけでは感動を与えられないから、言葉をすごく上手に使いたい、考えるのは組み合わせだけでも、引き出せれば見たことのない帯で、ただ、順序よく並べるためだけのものではないと信じます。見た?見られた、どの体も同じくらいみずみずしい、ぼくたちはいつも、離れる力で衝突大破をくり返す、さまよう広がり、ひびわれの砂だ、ミューゼスの海だ。語は個々に着色される波で、追い抜かされそうになる、分からない、まだ全部は生まれていない、川のようにされたところ、少しでも早く流れ出ようとするフレーズに囲まれている、存在する、を引き受けているだけで意味はあるはずで、川、戻らずいつもニューワールドです。

井戸川射子（いどがわ・いこ）

一九八七年生まれ。関西学院大学社会学部卒業。

二〇一八年、第一詩集『する、されるユートピア』を私家版にて発行。

二〇一九年、同詩集にて第24回中原中也賞受賞。

二〇二一年、第一小説集『ここはとても速い川』で第43回野間文芸新人賞受賞。

二〇二三年、「この世の喜びよ」で第168回芥川龍之介賞受賞。

著書に『する、されるユートピア』（青土社）、『ここはとても速い川』（講談社）、『遠景』（思潮社）、『この世の喜びよ』（講談社）がある。

する、されるユートピア

2019年9月 2 日 第1刷発行
2023年2月10日 第2刷発行

著者——井戸川射子

発行者——清水一人
発行所——青土社

〒101-0051 東京都千代田区神田神保町1-29 市瀬ビル
［電話］03-3291-9831（編集） 03-3294-7829（営業）
［振替］00190-7-192955

印刷・製本——ディグ

装幀——六月

装画——井戸川射子『それぞれのマグマ』

ISBN978-4-7917-7194-3 C0092